만날고개에서 만나요

만날고개에서 만나요

정선호

실천문학

제1부

제2부

제3부

제4부

제
1
부

단감묘지

고속도로 옆 단감 과수원에 감꽃이 피고
누구의 묘지가 자라요

죽음도 자라 꽃 피울 수 있을까요

꽃 피우고 열매 맺어 이승의 사람들에게
달큰한 맛을 건넬 수 있을까요

감나무가 자랄수록 묘지의 봉분은 낮아지고

묘지는 죽음을 달큰하게 감내하며
푸르게 푸르게 자라요

그곳을 지나는 사람들은 달큰한 풍경을 담아
심장에 넣어 가속 페달을 밟곤 해요

감을 먹은 이들은 죽음에 대한 생각을 잠시 잊고
감나무에 고마워하며 달콤하게 지내요

문헌서원

문헌서원 뜰에 모델 몇이 나타났네

모델들은 잔디밭에 엎어지거나
옆으로 누워 흰 살도 보일 듯 말 듯,
당당한 걸음으로 뜰을 걸으며 사진을 찍었네

興言蹙口以出聲兮 흥이 나서 입 오므려 휘파람을 부노니*

문헌서원에 온갖 꽃은 피어나고
노년의 여인들은 가슴에서 봄을 꺼내 펼쳤네
나무에 푸른 잎들 부풀어 오르는데,

人謂我其宣驕 남들이 나를 일러 교만하다 하누나**

봄은 평생 그녀들 가슴속에 들어왔고
머리카락으로 빠져나가곤 했네

---

*,** 이색의 저서 『목은시고』의 「영개사永慨辭」 일부 싯구를 인용함

전수당에서 글을 읽던 목은과 제자들도 나와

슈퍼 모델들을 바라보며 환호했네

고인돌

새벽이슬 머금은 푸른 잎들 사이
수천 년 동안 묵언 수행하는 고인돌

고인돌 아래에서 뿌리내린 이들은
차밭을 일구고 찻물을 데우며
어떤 파문을 읽고
어떤 굴곡을 다듬었을까

바람에 그 숨결 아직도 머물고
이랑마다 번지는 묵직한 기운은
그들이 남기고 간 비의秘義

오늘 나도 고인돌 곁에 앉아
찻물을 데우네

차를 마신다는 건 묵은 정적을
혀끝으로 다시 읽는 일
숨결 위에 숨결을 얹는 일

생이란 끓고 식는 물의 시간 속에서
천천히 떫은맛을 우려내는 일

돌이 된 기억

홍매화는 돌이 된 기억이다

홍매화가 빈집을 지켰다 겨우내 홍매화가 피기를 기다
렸던 사람들을 유혹했다 사람들은 홍매화를 찾아 사진을
찍고 만져보기도 했다 홍매화를 찡찡 감고 있는 붉은 뱀
들은 보지 못한 채

마을의 붉은 뱀들이 겨울잠에서 깨어나 빈집 담장에 모
였다 활짝 핀 홍매화 주변을 어슬렁거리며 초봄의 향기를
듬뿍 마셨다 메두사의 뱀들이 가지를 휘감고 붉은 심장을
펼쳐 보였다

메두사는 홍매화 보는 이들을 모두 돌로 만들어 버렸다
바람은 돌로 빈집의 담장을 쌓았다 담장은 견고한 성벽을
이루었고 안에서 뱀딸기와 뱀풀을 키웠다 메두사는 사랑
과 배신의 깊은 상처에서 얻은 애환을 그들에게 주었다

홍매화에게 메두사의 죽음은 위안이 되지 못했다

친구를 맺는 일

오랜만에 페이스북에 접속했다가
죽은 시인이 보낸 '친구 요청'을 보았어요

간혹 시인을 문인 모임에서 보긴 했어도
가깝게 지낸 적은 없었는데
시인은 저승에서 나와 친구가 되길 원했던 거죠

이승에서 친구 맺는 건 어려운 일 아닌데
저승에 있는 시인과 친구를 맺으려면
내가 무당이 되어야 하나, 죽어야 하나

선배 문인이 숙환으로 명을 다하거나
내 또래 문인이 병으로 죽었다는 소식에
저승과의 거리가 가까워졌음에 끔찍해 하죠

서둘러 '친구 수락'을 클릭 후
한동안 연락하지 못한 친구들을 살펴보았죠
죽은 시인 말고도 죽은 이가 여럿이었죠

그제야 그들에게 내 무관심과 무책임을 사과했고

그들의 안부를 걱정하기 시작했죠

은행이 털렸다

늦가을, 밤새 도시의 많은 은행이 털렸다

낮에는 바람이 은행나무를 흔들더니
밤에는 거리를 걷던 사람들이 재미 삼아
툭, 툭
발로 걷어차거나 흔들어 거리에
은행알과 잎이 우수수 떨어졌다

다음날, 사람들은 떨어진 그것들을 주워
은행나무 안 은행에 갔다
사람들은 제 분수에 맞는 자루에
은행잎과 열매를 채워 저금을 했다

새벽부터 그것들을 주워 온 노인들의 금액이
젊은이들보다 훨씬 많았다
젊은이들은 낮에 작대기로 은행나무를 털다
경찰과 실랑이를 벌이기도 했다

은행나무가 있는 거리를 걷던 시인들은

좋은 영감을 얻어 은행잎에 시를 적었다

서천꽃밭

서천꽃밭에서 삼신할미에게 점지 받은 나는
어머니 몸을 빌려 서천군舒川郡에서 태어났어요
중학교 졸업 후 서천군을 떠나 대처로 왔고

대처에 서천꽃밭에서 걸었던 꽃길은 없고
길은 온통 가시밭길 이었어요
때로 좋은 날에 꽃을 주고받기도 했지만

내 아이들은 무럭무럭 자랐으나
서천군에 사는 부모는 늙고 병들어 갔어요

고향에 갈 때면 모든 애환과 설움이 잊혀졌지만
잠시일 뿐, 꽃길을 걷기란 매우 어려웠어요

그날은 설을 맞아 고향에 갔어요
설에 눈 내리자 모든 길에 웃음꽃밭이 펼쳐졌고
서천꽃밭에서 환생하지 않고 남아 있던 조상들이
서천군의 모든 길에 꽃을 심어 후손들을 맞았어요

나는 서천꽃밭에 돌아갈 날을 세어 보기도 했고요

11월의 사진들

몇 마리 철새들만 강 하구에서 힘차게 날아다녀요. 아직 도착하지 않은 철새들 대신 가족과 연인들이 강둑에 모여들어요. 늦가을 정취를 사진에 담아 몇 년 후의 자신들에게 전송해요

그 남자도 가족과 사진을 찍다가 몇 해 전까지 함께 왔던 제 어머니 떠올리며 안부 전화를 해요. 그의 어머니 날개엔 힘이 없어 몇 년째 요양 병원에 머물고 있어요. 병상에 앉아 지나간 사진들을 자주 뒤적인다 했어요

늙어 날지 못해 홀로 겨울을 지내다가 얼어 죽는 시베리아의 철새들도 있어요. 죽은 새들의 날개에 수많은 사진이 깃털 사이에 꽂혀있어요

시베리아에서 한 철새 가족이 짐을 꾸려요
늙어 날지 못하는 철새는 그걸 바라보며
바라보며, 눈물만 흘리고 있어요

순하디 순한 문장들
- 모시 짜기

어머니는 좋은 모시를 얻으려 한여름에
그늘이 많은 곳에서 모시를 짰다

땀이 온몸에 흘러내렸지만
가정과 고장의 살림을 살찌우려는 희망이
저녁의 별과 달을 불러들였다

모시를 꾸리로 감아 북에 넣고 베틀에 앉아
북을 번갈아 넣고 바디로 치면서 모시를 짰다
짤그락, 짤그락
짤그락

저녁에 하늘의 달빛 한 올과
별빛 한 올을 엮어 천을 짜내었다

자음과 모음을 수천 번 반복해 엮어 완성한
순하디 순한 문장들

그 문장이 모여 평화의 경전이 완성되었다

오어사*의 잉어들

오어사 옆 저수지에 상어 떼가 나타났네

낮에 승려들의 불경 외는 소리와
처마 끝 목어 부딪히는 소리를 먹어 살찐 잉어들은
밤마다 상어로 변했네

천오백 년 전 원효와 혜공이 법력을 시험할 때
원효의 대변에서 나온 잉어의 후손들이 커
붉게 물들어가는 가을밤,
여행객들은 상어 떼의 출현에 오어사 경내로 피신하고

오어사 뒤 바위 절벽에 오른 칡넝쿨같이
세상의 모든 길은 아득하고
낮에 저수지 위 구름다리에서 여행객들은
잉어떼가 몰려다니는 것을 보네

---

* 포항시 오천읍에 있는 사찰

밤에는 동해로 나가 몰려다니다가
새벽에 범종 소리 울리면 저수지로 돌아오는 상어 떼

낮에는 잉어로 변해 충실하게 묵언수행 중이네
원효와 해공처럼

야철마라톤대회

이천 년 동안 야철지에서 일하다 죽은 대장장이들이 깨어나 진달래와 목련을 주렁주렁 매달고 야철지를 출발했다. 현세의 사람들과 함께 골포국 궁궐과 철을 싣고 왜와 한나라를 오가던 포구를 향해 달렸다

경주에 철을 나르던 길과 여몽연합군의 병참기지였던 정동행중서성 길을 지났다. 철만큼 단단한 봄기운을 한양에 보내 임금과 백성에게 풍요로움을 주었다. 외세의 침입에 칼과 창을 만들어 나라를 지켰고, 농기구를 만들어 백성들 생활을 윤택하게 했다

수많은 철을 일제에 수탈당해 군민들이 만세운동을 했던 길을 따라 달렸다. 창원장터, 진동면 고현리 장터, 마천리 거리를 태극기 흔들며 달렸다. 그때 대장장이들의 담금질은 모두의 심장을 강하게 단련시켰고, 끝내 해방의 거리를 달릴 수 있게 했다

시민들이 야철지 있던 자리에 세워진 철 만드는 공장과

철 깎는 공장, 자동차와 배를 만드는 공장 앞길을 달렸다.
세계 모든 나라의 물건이 드나드는 마산항을 향해서 달렸
다. 대장장이 영령들의 손을 잡고 세계와 미래를 향해 달리
고 달렸다

  그 도시에는 철만큼 단단한 심장들이 거리에 가득했다

코끼리, 꽃

그 화가는 코끼리의 온몸에 꽃을 그려 넣었다

평생 다른 동물을 죽이거나 해치지 않고
홀로 한 권의 그림책을 엮어 가는 코끼리

그림책에는 꽃말들이 무성하게 자라고
꾹, 꾹
꽃밭을 걸어 다니는 묵직한 문장들

코끼리는 코끼리다,
말끔한 신사다,
다정히 새끼에게 그림책을 읽어주는

많은 풀과 꽃을 먹어 치우는 코끼리 몸엔
항상 꽃들이 활짝 피어 있다

항상 움직이는 코로 온몸의 꽃향기를 맡았다

물오리들

도심의 호수에서 물오리들이 물살을 가르며
먹이를 잡는 휴일 이른 아침,
지구와 우주를 헤엄치며 아침을 맞아요

그들은 호숫가로 나가 보행로를 청소하고
안전 난간대를 깨끗하게 닦아요

겨울 호수는 황량하고 텅 비었어요

봄부터 가을 사이에 낳은 새끼들은
시든 연꽃이며 물풀들

살아있는 새끼들은 어미를 따라 물고기를 잡고
학교에 다니고 직장에 취직을 해요

물오리가 만드는 물살이 세상에
햇살로 퍼지고 있어요, 퍼져 나가요

고사리를 꺾다

어린 시절, 비 그치고 나면 산에 올라
뚝, 뚝
고사리손으로 어린 고사리를 꺾었다

어머니는 고사리를 솥에 쪄서 말려
시장에 내다 팔거나
나물을 만들어 제사상에 올렸다

지금도 봄에 사람들은 고사리를 꺾으러
바구니를 들고 산으로, 산으로 향한다
때로 고사리가 손짓하는 대로 따라가다
길을 잃기도 하는데

고사리는 좋은 맛이고 많은 돈이며
사람을 유혹하는 미인이다

고사리를 꺾은 사람들은 죽어 땅속에 묻혔다가
손은 고사리로 다시 태어나곤 했다

운석과 충돌하다

내 존재가 우연이었듯
운석도 억겁의 세월에 커다란 우연 중의 우연

오만 년 전, 운석은 우주에서 날아왔는데
나는 합천군 초계면에 살며 그걸 받아냈어요

그건, 한 번도 중심이 되지 못한 조각이
내 가슴 속에 들어온 것

운석은 땅속으로 들어가 삭이고 삭혀져
지구의 생물을 머금어 기름진 흙이 되고

내 후손들은 운석이 떨어진 자리에 벼를 심고
나중에는 마늘과 양파도 심었어요

양파와 마늘은 운석의 기운을 받아 추위를 견뎌
봄에 농부에게 풍성한 뿌리를 안겨주었고

나는 지금까지 그걸 안고 땅속에서 살아왔어요

나도 매일 밤, 우주에 떨어져요
떨어져 내 존재의 씨앗을 심어요

제
2
부

조선인 여공의 노래*

젊은 배우는 너무 늦게 찾아와 미안하다 했다
양심 있는 일본 역사가들도 진심을 다해
일제 강점기 오사카 방직공장에서 일한
식민지 나라의 여공들에게 미안해했다

*자 우리 여공들이여, 오늘 일과를 말해보자***

여공들은 일본인 경영주나 관리자의 탄압보다
조선인 관리자의 폭력이 두려웠었다고 했다

배가 고파 일본인은 먹지 않는 돼지 내장을 구워 먹고
돼지 취급을 받으며 꿋꿋하게 살아 낸 여공들이여,
인권을 무시당하고 식민지 국민의 설움을 견뎌 낸
암울한 시대의 여인들이여

---

* 2024년 개봉된 국내 다큐멘터리 영화 제목
** 일제강점기에 징용으로 오사카 방적공장에서 일하던 조선인 여공
  들이 불렀던 노래 가사 일부

어렵게 외출을 허락받아 나온 날에는
오사카 바닷가에서 고국을 향해 절을 했고
직업병과 유행병으로 죽은 동료의 무덤가에
무궁화 한 다발 가져다 놓았다

그래도 우리는 하루를 살아가네***

젊은 배우들은 아직 살아있는 여공들 만나
돼지 내장으로 만든 한과 설움을 먹었다

***   일제강점기에 징용으로 오사카 방적공장에서 일하던 조선인 여공
들이 불렀던 노래 가사 일부

열사들과 밥을 먹다

전국에서 광주에 모인 문인들이 5.18구묘역에 들러
민주화운동과 노동운동 하다 죽은 열사,
농민운동과 통일운동 하던 이들 묻힌 무덤 곁에서
영령들과 재회하여 도시락을 나누어 먹었다

그들은 생전의 열사들과 밥과 술을 먹던 일,
거리와 광장에서 어깨 걸고 투쟁하던 일,
감옥에서 함께 수감 생활하던 일들 떠 올리며
입에 밥을 꾸역꾸역 밀어 넣었다

항쟁 때 주먹밥 먹던 시민들과 열사들 떠올리고
죽은 열사들 입에 쌀을 넣던 일 떠올리며
입에 눈물을 꾸역꾸역 밀어 넣었다

모두는 열사들이 떠난 후 아프게 살아 온 날들과
열사들에게 편지 쓰던 시절을 떠올렸다

평등한 사회와 통일된 나라를 만들자고 다짐하고,

다짐하는 마음도 입에 꾸역꾸역 넣었다

묘지 주위에 전시된 걸개 시화들은 오월 내내
열사들 유언을 정성스레 받아 적었다

백일홍을 읽다

이상기후로 무더위가 이어지던 몇 해,
거리의 배롱나무에 걸린 붉은 심장들

지구 반대편 가자지구에서는
이스라엘군의 폭격으로 팔레스타인 아이의 내장이
아프게 배롱나무에 걸렸다
얼마나 더 더워져야 총성이 멈출 것인가

배롱나무는 한여름 햇볕을 나이테에 욱여넣어
사람들에게 붉은 울음만 건넸고
평화를 바라는 사람들은 백일홍처럼
붉은 울음소리 내며 간절히 기도했고

그래도 살아가야 할 것들은
지친 일상을 백일홍의 심장에 넣고
지구와 사람들을 살려낼 방도를 찾았고

무더위 견디며 희망을 건네는 붉은 사랑은

온 세상을 가득 채우다 지고,

가득 채우다 지고

백일동안, 가을이 오기까지

재두루미중창단
 – 한국전쟁전·후민간인희생자 창원유족회 추모식에서

마산 앞바다에서 열한 마리 재두루미가
수많은 눈물 사이로 훨훨 날아다녔다

오랫동안 지역에서 민주화운동에 앞장섰으며
지금도 후배들과 좋은 나라를 이루려 중창단 꾸려
의미 있는 자리에서 노래를 부르곤 했다

동란 때 억울하게 죽은 민간인 희생자들이 부활해
눈물 흘리던 그날도
재두루미는 일제히 날아올랐다

날아올라 희생자를 추모하는 이들에게
날개를 달아 주어 슬픔을 함께 나누게 했다

잠시 돌아온 희생자들에게도 날개를 주어
다시 저승으로 훨훨 날아 갈 수 있게 했다

그날, 재두루미들의 진혼곡이 창원의 골짜기와 바다에

처절하게, 웅장하게 울려 퍼졌다

한산모시
– 백제의 꿈

천오백 년 전 금강에서 불어오는 바람에
마산현의 모시풀들은 튼실하게 자랐다
건지산성에선 백제 병사들이 칼과 창 들고
이국의 침입에 대비해 보초를 섰고

백제는 이국의 침략에 맞서 부강한 나라를 이루려
사비성으로 천도하고 왜에 문물도 전해 주었다
그즈음 마산현의 백제인은 모시를 짜기 시작했고

백제인은 모시옷 입고 외세의 침입에 맞섰으나
나당 연합군의 협공에 백제는 무너져 버렸다
다시 백제의 유민들이 뭉쳐 나라를 되찾으려
건지산성에서 나당 연합군과 치열하게 싸웠지만

아! 이루지 못한 백제의 꿈이여, 백제인이여

백제인은 이루지 못한 꿈을 가슴에 새기고
눈물과 한숨으로 밤새도록

모시를 삼고
모시를 짜며
사라진 꿈과 희망을 금강에 흘려보냈고

백제인의 한과 눈물로 전해져 온 한산모시로
세계의 많은 사람들이 옷을 만들어 입었다

김남주 시인이여, 고정희 시인이여

해남군 삼산면에서 이년 터울로 태어난 두 사람,
한 시인은 나라의 민주화와 통일 위해
한 시인은 여성 해방을 위한 시를 많이 썼네

시로 군사독재 정부에 온몸으로 저항하며
불꽃 같은 생을 살았네

모진 바람에 흔들려도 곧은 대나무처럼
올곧은 정신은 더욱 푸르렀고

해남, 기름진 땅에서 나는 풍성한 농산물처럼
치열하게 시를 적어 사람들을 울렸네

그들 시집을 읽고 민주화를 위해 헌신하고
여성 해방을 위해 일한 사람들 많았네

민족 통일을 위한 그들의 거대한 사랑도
한반도 모든 이의 가슴팍에 시퍼렇게 살아있네

다시, 모든 쇠붙이는 가라*

21세기에도 세계 곳곳에서 사람이 죽고 다쳤다

미얀마에서 반란으로 정권을 찬탈한 군부가
저항하는 국민을 죽이고 소수민족을 학살했다,

러시아 군대는 우크라이나를 침공해
건물과 시설을 폭격하고 사람들을 죽였다,

아프리카 여러 나라에서도 군사 반란이 이어지고
군인이 수많은 아이와 여성을 죽었다

전쟁에는 군인과 살상 무기가 동원되었고
군사 반란에도 마찬가지였다

신동엽 시인은 "모든 쇠붙이는 가라"고 썼다

---

* 신동엽 시인의 시 「껍데기는 가라」에서 싯구를 인용함.

인류는 쇠를 편리함을 위해 만들었으나
그것으로 무기를 만들어 사람을 죽이고
건물과 집들을 파괴해 왔다

미얀마에, 러시아와 아프리카의 여러 나라에게
다시, '모든 쇠붙이는 가라'라고 써 보낸다
모든 무기를 걷어 용광로에 녹여
국민들의 생활에 필요한 데만 쓰라고 전한다

고구려적 여인, 박구경

그이는 고구려 적, 시를 쓰던 여인이었다

신문사에서 일하다 언론통폐합으로 해직된 사람,
인권과 통일을 위한 글쓰기를 하기 어려운 지역에서
죽을 때까지 꿋꿋이 소중한 가치를 지킨 사람

언제나 혀가 얼얼하도록 시에 매운 맛을 내는*
자신을 조선 년이라 일컬은 기氣 센 시인

형평운동을 기념하는 시집 발간하려 애쓰다가
건강을 돌보지 못해
예순 일곱, 한참 나이에 죽은 고구려적 여인

그녀는 죽어 한 그루 나무 밑에 묻혀
자기의 시에서 걸어 낸 맑은 물과 거름을 주어
나무를 울창하게, 울창하게 키우고 있다

---

* 고 박구경 시인의 시 「나의 시」에서 싯구를 인용함

홍의장군은 살아 있다

홍의장군은 임금보다는 백성을 위해 병사를 모아
진주성과 하왕산성에서 왜군을 물리쳤다

관직에 올라 임금에게 여러 번 곧은 상소 했지만
파직당하고 재산을 탕진해 가난하게 지냈으나
후세들에게 올바른 의병 정신을 물려주었다

의병 정신을 물려받은 구한말 농민들은
전국에서 나라의 자주를 지키고 부패한 관리,
일제를 몰아내기 위해 죽창을 들고 싸웠다

경술국치 후에도 의로운 국민들은 다시 일어나
3.1만세 의거를 일으키고 중국으로 가
독립군과 광복군을 세워 일본군과 싸웠다

해방이 되어서도 의병은 끊임없이 되살아나
광장과 거리에서 어깨 걸고 독재에 항거해
국민이 주인이 되는 나라를 만들었다

의병들은 남아 있는 친일 반역자와 독재자의 후예들,

기회주의자들을 몰아내려 때가 되면

거대한 촛불을 들고 광장과 거리에 나타났다

길고 긴 하루

다랑쉬굴 안, 처절했던 공포의 날들은 길고 길었지만
그리 오래가지 않았다
토벌대는 한 나라의 국민을 일말의 정도 없이
굴에 수류탄을 던지고 연기를 피워 지옥을 만들었다

연기를 마시며 죽어간 한 나라의 국민이여
죄 없는 양민이여,

누구에게 길고 길었던 하루가 끝나가는 거였다
그들에게 삶이란 하루살이같이 짧고 짧았다

나라의 국민으로서 세금을 내고 군역 의무를 다했지만
나라를 위한 생각이 다르고 무장대를 도왔다고
자국민을 살해한 나라가 그때 있었다

훗날, 많은 이들 찾아와 그날을 기억하며 다시는
그런 나라를 만들지 말자고 다짐하고, 다짐하는
그런 국민이 있다

'꼬마 상주', 조천주

그때는 그냥 지쳐서 아버지의 영정에 기대었다 했다
나중에야 그 사진이 전 세계에 타전되어
자신을 찾은 많은 이의 수고로움을 알았다 했다

외국 사진기자였던 로숑과 쇼벨은 죽음을 무릅쓰고
사진으로 광주항쟁의 소식을 세계에 알렸고
소년은 사십삼 년 후에 사진 찍은 그들을 만났다

그를 만난 두 명의 기자는 뜨거운 눈물 흘렸지만
조천주는 밝은 미소를 지을 뿐,
조천주의 미소는 광주항쟁 이후 민주화된 나라와
오월이면 광주를 찾는 많은 사람들을 만나는 것

학살 명령자가 세운 정당의 후예들도 광주를 찾고, 학
살을 자행한 군인들도 희생자 묘역 앞에서 사죄를 했다.
하지만 많은 이들은 학살에 대한 사죄 말고는 바뀐 것이
별로 없는 그들을 아직 받아드리지 못한다.

진도 팽목항 바다에서 빠져 죽은 영령들과

이태원에서 깔려 죽은 젊은 영혼들을 기억에서 지우려는

학살 명령자의 후예들을 용서할 수 없다

그들이 이 땅에서 사라지는 날이 사죄를 받아들이는 날

이며

항쟁에서 희생된 영령들이 그토록 바라던 세상이다

만날고개에서 만나요

만날고개*에서 만나요, 만나서
고려 말기, 딸과 어머니의 애틋한 사연도 읽어봐요

만날고개에서는 누구든 만날 수 있어요

그동안 오래 만나지 못한 이들,
직장 일로 소원해진 이들을
물과 간식거리 챙겨 만나 고개를 넘어갔다 와요

견우와 직녀처럼 만나 서로에게 사랑을 전해요
걷다가 수줍게 열린 산딸기도 따 먹고
서로 더욱 가까워진 미래를 당겨 와요

1987년 6월, 전국의 거리와 광장에서 서로 만나
나라 사랑하는 마음을 나누었듯

---

* 창원시 문화동에 위치한 고개임. 매년 6월에 6월항쟁정신계승경남
사업회 등의 주관으로 만날고개에서 6월항쟁의 의미를 되새기는 걷
기 대회를 갖는다.

그 사랑은 나라를 유지하는 힘이고
지구를 더욱 푸르게,
푸르게 만드는 날개짓이지요

그렇게 서로 자주 만나고, 만난다면
민족 통일이 이뤄질 날도 멀지 않겠지요

만성리 기찻길

여수시 만성리 옛 기찻길에서 시민들이 자전거를 탔다. 가족과 연인들이 자전거를 타고 달리는 동안, 터널과 기찻길이 지어진 후의 세월이 지나갔다. 일제 강점기에 놓인 증조부모 등뼈 같은 기찻길 따라, 조부모 형제와 이웃들이 군인들에게 죽임당해 매장당한 골짜기와 산길을 달렸다

여수만 바람은 여순항쟁을 기억하며 후손들에게 땀 식히라며 불어 주었고, 가족과 연인들은 힘껏 페달을 밟았다. 바람은 희생자들의 합동 묘지 앞 국화를 쓰다듬고 원통함을 위로하며 후손들에게 힘을 불어넣었다

사람들은 바람과 원혼들의 기운을 받아 더욱 세게 페달을 밟아 여수만 바다를 따라 달렸다. 다시는 이념으로 서로 죽이거나 죽임당하지 않게, 평화가 가득한 미래를 향해 페달을 밟았다. 바람은 더욱 세차게 그들 등을 밀어댔고

사진신부

그녀들은 사진과 달리 늙은 남편과 숙명으로 살며
세탁과 삯바느질 해 살림을 꾸려갔다

어려운 살림에도 뜻깊은 모임을 만들어
조국과 해외의 독립운동 단체에 자금을 보냈고

자식들도 부모의 조국과 어머니의 노고를 기억해
가난한 조국에 장학금을 보내기도 했고

사진신부들은 죽기 전에 자신들의 여정을
글과 목소리로 남겨 자식에게 물려주었다

자식들도 그것을 박물관에 기증하거나
제 자녀들에게 물려주었다

지금, 그녀들과 자식들은 죽어 고국의 하늘로 돌아와
후세들이 오순도순 사는 모습을 보며 지낸다
모두는 천국에서 전생의 노고를 인정받으며
다시 무엇으로 태어나길 기다리며

압수 수색하다

나는 가끔 교통 신호를 지키지 않은 것과
아내 몰래 다른 여자를 생각한 적이 있거나
직장에서 영업상 거짓말한 나를 압수 수색한다

내 마음속에도 내가 모르는 무엇이 있기에
환갑 전에 압수수색 해 알아보고
환갑 이후의 생을 준비하려 한다

언론에 알려 압수 수색하는 모습을 촬영하고
아내와 아이들도 불러 나를 뒤져보게 했다

혐의가 없을 리는 없지만 나오지 않는다면
먼지 털 듯 나를 탈탈 털어 본다

혐의 증거가 되는 물건들을 찾아보고
남아 있는 모반이나 혁명의 기운도 압수한다

확실한 혐의가 나오면 내가 지금껏 지어 온

마음의 감옥에 자진 투옥되리라

제
3
부

불에 타 죽은 기억

언제부터인지 겨울에 눈이 내리지 않았어요
나는 목이 말라 아버지를 애타게 찾았지만
아버지는 오래전부터 묘지에서 잠자고 있을 뿐

봄이 되어서도 비가 내리지 않았어요
나는 탈진해 더욱 말라가고 죽음 직전에 다달랐죠
바람은 마른 날씨에 더욱 힘을 얻어
옷을 풀어 헤치고 온 산을 휘젓고 다녔어요

그때, 사람들이 묘지 앞에서 쓰레기를 태우고
밭둑에서 벌레를 죽인다며 불을 놓았어요
순간, 바람이 불을 붙잡고 온 산을 휘저으며
모조리 불태웠어요, 아버지의 푸른 새 옷도

홀로 지내던 어머니도 화마를 피하지 못했고
아버지는 검게 타버린 나를 옆에 묻어 주었어요
연기는 구름 대신 하늘을 뒤덮어
산에 있는 모든 것들을 말려 죽였어요

나는 이제 봄이 오는 게 죽도록 싫어졌어요
거리에는 매연이 가득했고 모래바람이 살아
마스크를 쓰지 않으면 살 수 없어요

그런데, 나를 그렇게 만든 건 누구죠?

구월의 합창곡

숲에 나비 몇 마리 바쁘게 날아다녔다

수목원에 온 노인들이 평상에 앉아 음식을 먹으며 휴일을 보냈다
노인들은 휴대폰에서 흘러나오는 오래된 유행가를 따라 부르고

노래의 음표를 나비들이 삼켜 수목원의 모든 식물에게 흩뿌렸다
음표는 나무와 풀에 깊이 스며들고

음표를 먹은 코스모스는 노래 부르며 한들한들 춤추었다
풀벌레들도 큰소리로 따라 부르고

잡초 깎는 인부가 음표를 붙잡아 제초기에 넣자
노동요가 감미롭게, 힘차게 수목원에 울려 퍼졌고

구월의 수목원에는 나비의 지휘로 모든 것이 부르는 노

래들이

　거대한 합창곡 되어 도시에 널리,

　널리 울려 퍼졌다

내 마음의 풍차

창녕군 남지읍 수변공원에 풍차가 돌았다
유채꽃 향기와 봄바람의 힘으로 돌고 돌아
사람들의 발걸음을 모았다

풍차는 관광객의 관심과 사랑의 힘,
군민들의 열정으로 돌아
튤립을 구경하는 네덜란드의 누구에게도
바람을 띄워 편지를 보냈다

이제, 풍차는 제주와 대관령에도 있고
남해 곳곳에서도 돌고 있다

지구에 대한 사랑의 힘으로 돌고 돌아
전기를 만들어 생활을 풍요롭게 하고 있다

내 마음속 풍차도 돌고 돌아
밥과 국을 짓고, 밤을 환하게 밝혔다
네덜란드에 가서 풍차와 튤립을 구경하게 했다

풍차는 자연과 시간, 사람을 잇고 있다

철새의 말들

저수지에는 수많은 말이 떠다녀요

탐조가 금지된 저수지 안에는 시끌벅적,
저수지 바깥의 무논에도 마찬가지

새들의 언어는 단순하기도 하고
저수지에 놓인 그물같이 복잡하기도 해요

가을에 철새들 모여 서로 반가움을 말하고
겨울을 지내며 서로의 생활에 대해 묻고 답해요

저수지를 떠나 번식지로 돌아가기 전
서로 작별 인사를 나눠요

텃새들에게도 감사의 인사를 건네고
저수지의 나무와 풀들에게도 고마움을 전해요

무논을 내어주고 탐조를 금해 준 사람들에게도

감사함과 고마움을 전해요

말의 숨결로 모든 생물과 작별을 노래해요

자전거들은 날아다니고

자전거는 지구의 조용한 혁명가에요

자전거는 도로가 지친 숨을 쉴 때마다
새들의 노래를 실어 천천히 길을 내요

사람들이 자신의 심장에서 페달을 밟아
거리와 세상을 푸르게 물들여요

한쪽 바퀴에 바람이 휘감겨 돌아가고
한쪽 바퀴에 바람이 전기도 만들어요

학생들이 자전거를 타고 학교에 가고
청년들이 전기 자전거를 타고 직장에 가요
중년의 남자가 자전거를 타고 운동을 하고
노인들이 전기 자전거를 타고 여행을 다녀요

보세요, 이젠 자전거가 하늘에도 날아다녀요

4월, 숲길을 걷다

햇빛의 알갱이들이 나무에 흩어지고
바람이 노래를 나무에게 들려 줘요

노래를 들은 나뭇잎은 춤을 추고
햇빛의 알갱이들을 듬뿍 받아먹어
가지와 뿌리에는 나날이 살이 붙어가요

나무는 햇빛을 태양광 발전기에 모아 만든 전기를
사람들에게 골고루 나눠줘요

그걸 받은 사람들은 고맙게 쓰고
동물과 가축들에게도 전해 줘요
동물과 가축들도 고맙게 쓰고
식물들에게 거름을 주어 자라게 해요

4월, 숲에는 사람과 동물, 식물이
어우러져 부르는 노래가 가득해요

문무대왕릉

문무대왕은 핵발전소가 영원히 안전하길 기도해요

경주 해안가에 세워진 여러 원자력 발전소,
핵폐기물 저장하는 방폐장에 영원히 썩지 않는
사람의 욕심 덩어리들이 살아요

핵 발전소는 적은 원료로 많은 전기를 만들지만
체르노빌이나 후쿠시마에서처럼 사고가 나면
수많은 목숨과 자연이 파괴돼요

원자력 발전소는 수명이 다하면 멈춰야 해요

햇볕이나 바람, 흐르는 물로 전기를 만들고
사람과 가축의 인분으로 가스를 만들어
사람들이 안전하게 살도록 해야 해요

문무대왕릉은 바다 속에 더욱 깊게 뿌리내리며
끊임없이 이국의 침입을 막아내고

후손들과 자연이 무사히 살아가길 간절히 기도해요

뱀이 길을 건너다

뱀이 한쪽 산과 산을 이었다

사람이 산에 길을 낸다는 건
동물의 생활 터전을 반으로 나눈다는 것,
동물이 길 건너 반대편으로 간다는 건
목숨 걸고 가야 할 일이다

뱀은 잃어버린 땅의 한 조각을 가슴에 품고
부서진 터전을 느리게 건너갔다

내 어렸을 적, 길 가다가 뱀을 마주하면
막대기나 돌로 무작정 뱀을 죽이곤 했는데

가끔 꿈에서 죽은 뱀은 혀를 날름거리며
나를 쫓아왔고
나는 줄행랑치다가 깨어나곤 했는데

그날도 내가 죽였던 뱀 한 마리 되살아나
산길을 걷는 내 앞에서 쓰윽, 산을 이었다

물의 노래

물은 낮은 곳으로 흐르며 힘을 모았다

흐르고 흘러 쌓인 힘은 바다로 흘러
파도에 힘을 실어 주기도 하고
물레방아를 돌려 곡물을 빻고 논에 물을 대었다

지금, 전국 여러 강에서 물이 노래가 되었다

물은 사람들과 자연의 꿈과 미래를 위해
낮게, 낮게 노래를 불렀다

노래는 수력발전소에서 나와 불빛으로
밥과 채소, 컴퓨터로 변했고
자동차와 배, 우주선으로 바뀌었다

물은 사람들의 심장에도 모여
지구를 지키는 파수꾼이 되었다

물은 매우 힘이 세다

해바라기

밭 언덕의 해바라기는 태양의 적장자여서

태양을 유일신으로 받들며 살아요

매일 태양에게 지구의 소식을 모아 보내고

태양의 명을 받아 지구의 모든 생물에게 전해요

매일 고흐가 캔버스와 물감을 들고 밭에 나타나

해바라기를 그려 밭을 샛노랗게 물들여요

해바라기가 가득한 내 마음의 밭에서도

사라졌던 꿀벌들이 돌아와 힘껏 꿀을 빨고

다시 모든 작물의 꽃가루받이를 해요

해바라기는 몸에 태양광 발전기도 달아

온몸으로 햇볕을 받아 전기를 만들어요

전기는 캔버스와 물감을 만들어 고흐에게 전해주고

합천에는 생명의 숲이 있다

새천년이 시작되며 공원이 황강 옆으로 들어서자
합천의 몇몇 정치인들과 지역민들이
공원 이름을 일방적으로 '일해공원'으로 정했다

많은 국민을 죽이고 독재를 했던 진두환은 죽었지만
그가 세운 정당의 후예들은 사라지지 않았고

그들은 반성과 사과 없이 죽은 독재자를 찬양하며
수십 년 동안 일해공원으로 불리게 했다

분단의 아픔을 악용해 많은 죄 지은 이의 아호를
강물에 풀어 새까맣게 오염시켰다

몇몇 정치가들과 지역민들이 그걸 막았지만
황강의 강물은 쉼 없이 흘러왔고 흘러갈 것인데

합천의 의로운 사람들과 전국의 뜻있는 사람들 뭉쳐
끝내, '생명의숲' 이름을 되찾고

생명의 숲에서 평화와 통일을 쉼 없이 노래하리라

씽크홀think hole

지금, 여러 대도시에서 연이어 생기는 씽크홀은
세계 바다 곳곳에 있는 멋진 블루홀이 아니에요
멕시코에 있는 제비동굴처럼 유명 관광지도 아니며
투르크매니스탄의 씽크홀 '지옥의 문'도 아니에요

서서히 자란 구멍에 길 지나던 사람들과 차들이
속절없이, 속절없이 빠지고
건물도 씽크홀에 가라앉거나 넘어지기도 해요

욕망이 모인 씽크홀은 저승으로 가는 문이지요
보세요, 도로에서 저승사자들이 삽 들고 누굴 기다려요

도시가 더 이상 커지면 사람들이 다 죽어요
욕망을 줄여야만 모두 살 수 있어요

서울에 모여 있는 관청을 중소도시로 옮기고
큰 회사들의 본사를 더 많이 지방으로 옮겨야 해요

사람들이 은퇴 후엔 농촌과 어촌으로 가
건강하게 일하고 요양할 수 있게 해야 해요

그러면 기후 위기도 줄어들어 후세들이
건강하고 행복한 생활을 할 수 있지 않겠어요?

싱크홀은 사람들 가슴에 씽크홀think hole을 만들어
죽지 않을 방도를 모으게 해요

꿀벌들이 돌아온다

산과 들에 꿀벌들이 돌아온다. 사람들이 공해가 생기지 않는 자동차와 비행기를 타고 바람과 태양열로 전기를 만들어 썼다, 나무나 종이로 만든 물건을 쓰고 흙으로 빚은 그릇을 썼다, 농약 사용을 줄이고 나무와 꽃들을 여기저기에 심었다, 고기를 적게 먹고 재활용을 잘했다. 그래서 지난겨울 사라졌던 꿀벌이 돌아와 꽃에서 꽃가루를 옮기고 꿀을 가져간다. 여기저기에서 꿀벌들이 밀물처럼 돌아오고 있다, 윙윙거리며 붕붕거리며

농촌과 어촌에 사람들이 돌아온다. 청년들이 도시에서 돌아와 농사를 짓고 물고기를 잡았다. 예술가들이 은퇴 후 이사를 해 그림을 그리거나 글을 썼다. 청년들은 온라인으로 채소와 과일을 팔아 소득이 늘었다. 마을에 아기 울음소리 들리고 아이들의 웃음소리가 들과 산을 울렸다. 예술가들은 그림과 글을 많은 이에게 전해주었다. 그들의 자녀들과 동료 예술가들이 시골집을 분주히 오고 갔다. 시골 마을에 사람들이 돌아오고 있다, 크게 웃음소리 내며 노래 부르며

겨울, 주말농장에서

주말농장에는 차가운 바람만이 살아 맴돌았다

바람에 감자는 뿌리로 꿈을 꾸고
마늘은 속으로 비밀을 품고 살았다

바람은 밭의 번호판에게도 기운을 주었는데
번호판은 작년에 농사짓던 사람과 작별하고
올해 농사지을 농부를 맞으려 바람에
더욱 단단해지고 그리움의 날개를 키웠다

애초에 지구의 모든 땅은 주인이 없었다
사람들이 생겨 구획을 정하고
전쟁을 벌여 사람을 죽여서까지 차지했지만

바람만이 지구 모든 땅의 주인이며
지구의 날씨와 생명의 목숨을 지켜 왔다

바람개비 따라 돌아 전기도 만들어

마을 사람들의 생활을 풍요롭게 했다

지구를 큰 재앙으로부터 지켜주고
모든 생물과 사람을 행복하게 했다

바닷물이 들어오는 교실

필리핀의 바타산섬은 항상 물에 잠겼다
아직 많은 주민들은 그곳을 떠나지 못하고

그나마 지대가 높은 초등학교 교실엔
아침에는 바닷물이 들어오지 않으나
시간이 지나면 차츰 바닷물이 들어왔다

아이들은 다리를 담근 채 공부를 하다가
더 많은 바닷물이 들어와 의자가 떠다니면
책상 위에 올라가 수업을 이어 갔다

수 년 전까지 갯벌이 있던 섬,
주민들이 많은 물고기 잡던 시절이 있었지만
물고기도 수온이 변해 떠나가 버렸고

누군가 편리한 생활하며 물건을 쓸 때
지구 한 편의 누구와 자연은 매일,
매일 죽음의 위기를 맞았다

제
4
부

미황사, 꽃무릇

누가 가을이 이토록 붉어도 되냐 물으면
가을에도 붉은 사랑이
온 산과 들에 가득하다고 말하리라

꽃무릇이 활짝 피었다
미황사 입구에서 산나물을 파는 노인 무릎에도
귀농해 농사짓는 젊은이의 무릎에도

무릇, 무릇
그 붉은 사랑은 미황사 동백에게 전해지고

미황사 동백은 꽃무릇에게 받은 사랑에
가을밤마다 신열을 앓고 앓다가
마침내, 한겨울에 꽃을 피우는 것이리라

나는 미황사에서 흘러나오는 불경 외는 소리와
저녁마다 들리는 소의 울음소리를 빚은 절 한 채 지어
그곳에 들어가 살리라

남은 생을 꽃무릇, 꽃무릇처럼 살리라

매미 울음소리는

한여름, 도심 공원의 매미 울음소리는

갓난아이가 젖 달라는 소리였다가

아이들이 운동장에서 신나게 떠드는 소리였다가

청년들이 거리에서 힘차게 구호를 외치는 소리였다가

중년의 노동자들이 공장에서 작동하는 기계 소리였다가

노인들이 요양원에서 자식들을 애타게 찾는 거였다가

화장장에서 종일 흘러나오는 장송곡이었다가

장미도서관

장미로 지은 도서관에 아이들이 가득해요

도심의 장미공원에 진열된 수 만권 책들,
해마다 오월이면 그곳에 온 이들이
도서관 안에 들어가려 줄을 서요

그곳엔 토종 황색 장미와
유럽에서 건너온 안틱터치,
잡종인 플로리분다 장미가 그려져 있는 그림책,
저마다의 사연이 적혀 있는 수만 송이 책들이 있어요

장미를 보고 난 연인들 몇은
장미 향기 내뿜으며 결혼해 아이를 낳아
지구를 더욱 푸르고 붉게 해요

오월, 세상의 수많은 아이들이 제 엄마의 손잡고
장미도서관으로
장미도서관으로 향해요

설날

설을 지내려 고향에 가는 길,
온 산과 들에 흰 새들이 날아다녀요

흰 새들은 공부나 돈을 벌려 고향을 떠났다가
각자의 고향으로 훨훨 날아가요

눈은 온 산과 들에 평등하게
백설기같이 쫀득쫀득하게 내려요
모처럼 모인 가족이 먹는 떡국같이 내려요

설날 아침, 조상에게 제사를 지내는
노인의 흰 머리카락과 새 옷 입은 아이같이
눈은 모든 사람의 마음에 풍요롭게 내려요

눈은 세상을 평화롭고 숭고하게 하며
자신을 녹여 농사에 쓸 물이 되듯
사람들에게 겸손함과 희생정신을 알려 줘요

설날에 흰 새들이 마을 여기저기에 날아다녀요

가습기가 있는 풍경

나는 매일 집에서 헤엄치며 아가미로 숨 쉬고
밥을 먹고 배설하며 살았다
태초에 창조자는 우주에 물을 가득 채웠다

시작은 태어나기 전 어머니의 뱃속,
양수에서 가장 편하게 자란 일이다

어릴 적엔 동네 하천에서 자주 수영을 했으며
물속에서 조개를 캐고 다슬기를 주웠다

성인이 되어서도 하천이나 바다에서
휴가를 지내며 자식에게 수영을 가르쳤다

내 몸에는 물기가 많아 가습기에게
매일 습기를 내어 주며 살아왔다
가습기에는 언제나 금방 물이 채워졌고

버려진 물은 하천으로 나가 바다로 흘러갔다

꽃마차는 걸어간다

삼대의 모녀가 당나귀가 끄는 마차를 타요

모녀는 몇 해 전 태어난 아이에게
유원지에서 생일을 축하해줘요

아이의 엄마는 살아오면서 꽃길과 가시밭길을
번갈아 걷다가 꽃마차를 타는 것

아이 할머니는 꽃길보다 가시밭길을 더 걷다가
오랜만에 꽃길을 걸어 보는 것

당나귀는 짧은 보폭으로 세 모녀를 신고
유원지와 들녘의 풍경을 한껏 보여주고

큰 귀로 그녀들과 꽃들의 웃음소리 들으며
아주 천천히, 천천히
꽃을 한껏 보여주며 걸어요

노인과 아이가 있는 호수

한겨울, 유모차 안 아이는 고개를 내밀어
산책하는 사람들과 풍경을 보려 해요

'애야 세상을 한 번에 다 볼 수 없단다'

도심의 호수에는 물레방아가 쉼 없이 돌고
아이는 그걸 오랫동안 바라보네요

'애야 물레방아는 호수의 물로도 돌고
강물과 바닷물, 우리 눈물로도 돌아간단다'

노인도 유년 시절 보았던 물레방아를 떠올리고
잠시, 죽은 부모를 떠올리며 눈물을 흘렸지요
흘린 눈물은 물레방아에 흘러 들어가
물레방아를 천천히, 아주 천천히 돌리네요

세상의 모든 물이 물레방아를 돌리네요, 지금
아이의 물레방아는 조금 빠르게 돌아도 되겠지요

모시는 마음을 잇고
- 모시 삼기와 날기

이른 아침마다 아버지는 밭에서 모시풀을 베어
껍질을 벗겨 만든 태모시를 물에 적셨지요
물에 적셔 볕에 말리는 일을 여러 번 해야
좋은 모시를 만들 수 있었고

어머니는 잘 마른 태모시를 한 올씩 쪼개어
침을 묻혀 모시를 삼으며 가족의 건강과
아이들의 꿈을 위해 기도했어요

모시를 무릎위에 놓고 한 올씩 비벼 이으며
가족의 정을 잇고 마을 사람들을 이었어요
세상의 떨어져 있는 모든 것들을 잇고
마음을 이어 모시채에 담았어요

삼은 모시를 젓을대 구멍으로 실 끝을 꿰어 묶고
한 묶음씩 날틀에 걸어 한필 길이로 맞추었어요

모시는 옷감이 되고 무엇을 잇는 다리도 되었어요

입자가 파동이 되는 순간
– 창원조각비엔날레 전시장에서

국가공단이 세워진 후 도시에는 거대한 입자가 일으키는 파동이 많았다. 나라에서 도시 계획을 세워 공업단지를 지었으며, 주택과 학교단지, 여러 곳에 공원을 지었다. 제강 공장과 방산 물자를 만드는 공장을 지었다. 나라가 만든 커다란 파동으로 시민들은 살아왔고, 중년 노동자들은 단련된 기술을 물려주었다. 젊은이들은 천천히 작은 입자가 파동을 만드는 예술을 보여 주었다

새의 작은 깃털을 매달아 파동을 주면, 새가 되고 싶었던 기억의 힘은 세상에 전해져 오랫동안 구름의 흔적을 만들었다. 그것은 기억이란 생명이 끝날 때까지 파동을 일으켰다*. 깊은 땅에 묻혀 있던 광물들은 공장에서 제련되고 다듬어져 다른 공장으로 전해졌다. 젊은 작가는 광물이 빛이 되는 순간을 찾아내 페널에 담아, 끊임없이 울림을 만들어 냈다**

비로소 중년의 도시에 모든 울림이 가득했다

---

* 신승연 작가의 작품 〈구름의 흔적〉을 묘사함
** 김윤철 작가의 작품 〈태양들의 먼지 Ⅱ〉를 묘사함

동백꽃 떨어지고

아파트 단지 안, 동백꽃이
뚝,
뚝 떨어졌다

어느 학생이 옥상에서 뛰어내렸다
도장공이 땅으로 추락했다,

층간 소음으로 서로 심하게 다투어
죽거나 다치는 입주민들이 있었다,

홀로 지내던 노인이 바닥으로 떨어져
동백꽃처럼 붉은 울음으로 남았다,

동백꽃들은 입주민들의 설움과
아픈 상처를 머금고 피었다가 떨어졌다

떨어져서도 수없이 붉디붉게 울었다

석공, 봉석奉石

내 고향 친구 봉석이는 석공이다
그는 석기시대에는 생활에 쓸 도구를 만들었고

백제에서는 절에 쓸 많은 탑을 만들었다
일제 강점기에는 일제의 강압에 못 이겨
여러 표지석을 만들었다

그는 석불과 탑도 많이 만들었는데
백제의 아사달이 무영탑을 만들었듯
돌을 정성으로 자르고 다듬었다

석불과 탑에 많은 연꽃을 그려 넣었고
승려의 불경 외는 소리도 넣었다

저녁에는 일을 마치고 타국에서 시집 온
아사녀 같은 아내가 있는 집으로 갔다
돌로 지은 집에서 돌 같은 아이를 낳고
지구를 더욱 둥글게, 둥글게 다듬었다

편지

군관 나신걸의 사랑은 칠백 년 만에 출토되어

아니 가려 ᄒ다가 몯ᄒ여 영안도로 경성 군관 ᄒ여 가
뇌*

처자식 있는 집에 가지 못하고 멀리 떠나야 하는
함경도에 내리는 눈처럼 쌓이는 그리움

국경을 지키는 나랏일의 엄중함과
백성으로서 나라를 위해 사는 사명감으로

니년 ᄀ을히 나오고져 ᄒ뇌**

아내의 건강과 집안의 평안을 바라는
가장의 바람은 오백여년 동안 이어졌고

---

*, ** 1490년 군관 나신걸이 자신의 부인에게 보낸 친필 한글 편지의
문장 일부. 편지는 2012년 안정 나씨 종중 묘를 이장하는 과정에서
출토되었다.

지금은 저승에서 가족과 재회해 후손들과

오순도순 사는 안정 나씨 문중 가계

뱀딸기

어릴 적, 산과 들에서 뱀을 마주할 때마다 막대기나 농기구로 이유 없이 죽였던 죄, 죄는 뱀을 마주할 때마다 떠올랐다. 어느 봄날, 잎에 둘러싸인 붉은 뱀이 잎 속으로 들어오라고 손짓했다

나는 유혹을 뿌리치고 맛있는 산딸기를 찾아갔다. 창조자의 커다란 노여움을 산 뱀은 모든 생물에게 잘못을 사죄했지만 받아들여지지 않았다. 사람도 많은 야생 식물에 '뱀'을 붙여 조심스러워 했다

애초 뱀딸기는 키 크고 맛이 좋았다. 사람이 뱀딸기로 명명한 후 줄기는 작아져 땅에 닿았고 맛이 사라졌다. 뱀들은 뱀딸기 주위에 자기들만의 나라를 세웠으며 원죄를 용서하지 않는 세상을 위해 제사를 지냈다

정녕 뱀과 나의 죄는 구원 받을 길이 없는 것인가

그 여름의 저녁

요양 병원에 있는 어머니 면회 갔다 돌아가는 길,
그동안 도로는 많이 늘어 오가는 시간은 줄었지만
어머니의 병세는 크게 호전되지 않았네

산과 들은 온통 푸르게 물들었지만
나는 푸르름을 한참 지나쳐 저녁을 향해 달렸네
한낮의 뜨거운 햇볕은 그저 지나갈 뿐
서서히 오는 저녁은 길고 길었네

어머니는 한밤중에도 자식들에게 전화하고
나는 애타게 저녁으로 가는 시간을 찾았네
살랑살랑 부는 바람에 푸른 잎들은 하늘거리고

달이 지나간 세월처럼 떠오르면 나는
내가 태어난 자궁 속으로 나를 데려갔네

달과 태양은 숨어서 만나 놀다가 창조자에게 들켜
반성문을 쓰다가 새벽을 맞았네

내 생애에 그 여름의 저녁은 한동안 머물 것이네

성탄절

유년 시절, 집도 절도 없는 거지들 있었는데

눈이 펑펑 내리는 날, 그들은 마을을 돌아다니며

밥과 반찬을 얻어 어디론가 가곤 했어요

거지들이 오면 형제들은 무서워 방안에서 나오지 않고

밖을 내다보기만 했어요

어머니는 그들이 올 때마다

밥과 반찬을 푸짐하게 퍼 주었어요

그해 성탄절, 거지들에게 보시했던 어머니를 모시고

자식들이 요양 병원 앞 식당에서 모여 밥을 먹었어요

예전같이 수많은 예수들도 하늘에서 내려왔고요

해설 · 시인의 말

시의 세 토포스

김석준(시인, 문학평론가)

1. 들어가며

삶—시간—세계에 속한 모든 것들을 표현하고자 했고 또 "사랑하는 모든 것"(「시인의 말」)들을 아름다운 마음으로 포월包越하여 상생의 리듬으로 공명시키고자 했다. 그리고 그 것이 시인의 임무이자, 시가 말할 수 있는 모든 것이라 인식했다. 정선호 시인의 시집『만날고개에서 만나요』는 서정의 심급審級 위에 다양한 시적 경향을 따스한 감성으로 포월하여 참된 인간학적 진실이 무엇인지 심문하고 있다.

그러나 애석하게도 모든 시대는 진실을 투명하게 밝혀내, 이 세계 전체를 진리의 현실로 만든 적이 한 번도 없다는 사실을 명심해야 한다. 따라서 시대는 늘 과정 중에 있고 실천이라는 과제만을 오롯이 남겨놓은 채 오늘의 현실을 봉합하는 것으로 서사를 종료하거나 아니면 전혀 다른 류의 새로운 서사를 모색하며 모든 것을 전복하게 된다.

그런데 정선호 시인은 시집『만날고개에서 만나요』를 통해 철저하게 자기 검열을 하는 것은 물론, 그 모든 서사적 징후를 서정적 사랑의 문양으로 고양 시키면서, 이 세계 공간 전체를 사람이 살만한 세상이 되기를 열망하고 있다. 때론 "죽음에 대한 생각"(「단감묘지」)을 상생의 여율呂律로 승화시키면서, 때론 "저승과의 거리"(「친구를 맺는 일」) 어디 즈음에 매개된 슬픔의 서사를 따스한 사랑의 서사로 포월하면서, 시인은 이 세계 전체가 진실의 참된 공간이 되기를 열망하고 있다. 또한 "무관심과 무책임을 사과"(「친구를 맺는 일」)의 전언으로 감싸 안았고, "늙어 날지 못하는 철새"의 "눈물"(「11월의 사진들」)에게서 의미의 존재 방식을 읽어낸 후, 그것이 바로 숭고한 사랑의 서사를 구성하는 원리였음을 증언하고 있다. 마치 "세상의 모든 길"에서 "묵언수행"(「오어사의 잉어들」)하며 깨달음에 이르듯, 사랑과 그것의 구성법을 통해서 진실의 문턱을 넘어 진리 앞에 다다르기를 염원하고 있다.

2. 서정의 심급 위에 표현된 인간학의 진실

서정은 선한 마음이다. 시가 위대한 예술의 양식인 이유가 바로 여기 있는데, 그것은 민족의 안테나를 아주 섬세하게 벼려 이 세계 전체를 평화와 사랑으로 공명시키는 숭고한 전언이기 때문이다. 테오도르 아도르노가 「시와 사회를 위한 강연」에서 말한 것처럼 서정의 펼침은 개인의 주관성과 언어의 즉자성을 표현하되, 그것이 바로 민족의 집단적 저류에 대한 관심과 부합할 때, 혹은 더 나아가 보편적 유대의 환상에 헌신할 수 있다고 믿을 때, 사회 속에서 보다 큰 공감을 형성하게 된다고 단언하고 있다.

문헌서원 뜰에 모델 몇이 나타났네

모델들은 잔디밭에 엎어지거나
옆으로 누워 흰 살도 보일 듯 말 듯,
당당한 걸음으로 뜰을 걸으며 사진을 찍었네

興言甕口以出聲兮흥이 나서 입 오므려 휘파람을 부노니

문헌서원에 온갖 꽃은 피어나고
노년의 여인들은 가슴에서 봄을 꺼내 펼쳤네

나무에 푸른 잎들 부풀어 오르는데,

人謂我其宣驕남들이 나를 일러 교만하다 하누나

봄은 평생 그녀들 가슴속에 들어왔고
머리카락으로 빠져나가곤 했네

전수당에서 글을 읽던 목은과 제자들도 나와
슈퍼 모델들을 바라보며 환호했네

－「문헌서원」 전문

문헌서원은 광해군 3년, 즉 1611년 임금이 친히 현판을
써 내려진 사액서원으로 가정 이곡과 그의 아들이자 고려
말 4대 충신으로 추앙받는 유학자 목은 이색의 학문적 업
적을 기리며 제사를 올리고 유교 교육 및 인재 양성에 힘
을 쓰던 교육기관이다. 그런데 정선호 시인의 시「문헌서
원」은 목은 이색의 시「영개사永慨辭」와 상호텍스트를 공유
하면서 이질적인 시적 분위기를 연출하고 있다. 흥이 넘쳐
났고 또 현대의 화려한 삶을 향유하며 차이, 즉 이질적인
삶의 양태를 상호 통합하고 있다. 목은 이색의「영개사」가
마음의 여러 가지 근심거리를 경계의 마음으로 술회한 교
훈적인 시라면, 시인의 그것은 위트와 해학이 넘쳐나는 우

리네 삶의 현장이다. 전자는 탄식하며 자기에게 주어진 삶
―시간―세계 전체를 세세하게 그려내면서 인간사 삶의
이치를 깨달아가고 있다면, 후자는 "문헌서원 뜰" 앞에 펼
쳐진 화창한 "봄"날의 풍경을 만끽하며 상춘곡을 흥겹게
부르고 있다. 그리고 고려 말 대유학자인 목은 이색과 그
의 제자들을 현재의 장으로 불러내 화려한 문명의 이기利
器와 만나는 진풍경을 만들어내는데, 그것은 바로 현재와
과거가 한 데 어울려 서정적 혼융의 상태를 향유하는 풍
요롭고 유쾌한 풍경이다.

> 아파트 단지 안, 동백꽃이
> 뚝,
> 뚝 떨어졌다
>
> 어느 학생이 옥상에서 뛰어내렸다
> 도장공이 땅으로 추락했다,
>
> 층간 소음으로 서로 심하게 다투어
> 죽거나 다치는 입주민들이 있었다,
>
> 홀로 지내던 노인이 바닥으로 떨어져
> 동백꽃처럼 붉은 울음으로 남았다,

동백꽃들은 입주민들의 설움과

아픈 상처를 머금고 피었다가 떨어졌다

떨어져서도 수없이 붉디붉게 울었다

- 「동백꽃 떨어지고」 전문

　시인은 "꽃들의 웃음소리"(「꽃마차는 걸어간다」)도 듣고, 또 "매미 울음소리"(「매미 울음소리는」)도 듣는다. 서정의 힘은 보고 듣고 상호 공명하면서 동일성을 형성하는 곳에서 생성되는 인륜적 아름다움의 힘이다. 따라서 서정은 타자의 슬픔을 공감하고, 사회의 불의에 분노하는 이 세계의 사랑이다. 특히 시「동백꽃 떨어지고」는 서민들의 삶의 다양한 양태를 죽음, 특히 자살이라는 극단적 선택을 통해서 내밀하게 살펴보고 있는데, 그것은 현대인들이 안고 있는 "아픈 상처"이다. 그런데 정선호 시인은 죽어가는 자들의 모습 속에서 안타까운 사연을 읽고 함께 "붉은 울음" 울며 "아파트" "입주민들의 설움"을 매만지고 있다. 서정은 이 세상의 약자를 매만지고 보듬어 안아 이 세계의 근원적 슬픔과 공명하는 아름다운 영혼의 힘이다. "뚝"하고 가슴이 무너져 내린다.

생이란 끓고 식는 물의 시간 속에서
천천히 떫은맛을 우려내는 일

— 「고인돌」 부분

나도 매일 밤, 우주에 떨어져요
떨어져 내 존재의 씨앗을 심어요

— 「운석과 충돌하다」 부분

자음과 모음을 수천 번 반복해 엮어 완성한
순하디 순한 문장들

그 문장이 모여 평화의 경전이 완성되었다

— 「순하디 순한 문장들─모시짜기」 부분

요양 병원에 있는 어머니 면회 갔다 돌아가는 길,
그동안 도로는 많이 늘어 오가는 시간은 줄었지만
어머니의 병세는 크게 호전되지 않았네

— 「그 여름의 저녁」 부분

생은 무엇이고, "꽃밭을 걸어 다니는 묵직한 문장"(「코끼리, 꽃」)은 어떤 의미를 지시하는가? "세상"의 "햇살"(「물오리들」)이 가득했다. 그러다 문득 모차르트『레퀴엠』, 즉 "장송곡"(「매미 울음소리는」)을 들으며 "원죄"와 "구원"(「뱀딸기」) 사이의 거리를 가늠해본다. "저마다의 사연"(「장미도서관」)이 있을 것이겠고, 또 "어린 시절"(「고사리를 꺾다」)의 "그리움"(「편지」)으로 되돌아가 "물레방아"(「노인과 아이가 있는 호수」) 도는 인생의 내밀한 의미에 침잠하게 된다. 특히 시 「고인돌」은 인간학적 진실을 성찰하는 내밀한 "비의秘義"를 뇨파하고 있는데, 그것은 "생" 내부에 존재하는 "떫은맛"을 곰삭은 맛으로 변환시키는 "차"의 생성과정과 꼭 닮아있다. 다시 말해서 생이 펼쳐내는 무수한 과정은 "파문"과 "굴곡"을 지나 "수천 년 동안 묵언 수행하는 고인돌"과 결코 다르지 않다. "차밭"을 일구는 마음 혹은 "정적"에 침잠하는 존재론적 태도. 우리는 그렇게 "고인돌 곁"에서 생의 오묘한 진법을 깨닫게 되는데, 그것은 바로 "바람"과 "숨결"이 만들어낸 "시간"의 내밀한 진실이다.

그러나 생은 「운석과 충돌하다」에서 말한 것처럼 필연을 가장한 "우연"의 연속이다. "억겁의 세월"이 흐른다. 아니 빅뱅 이후 대략 138억 년의 시간이 흘렀지만, 생명이 어디서 와서 어디로 흘러가는지 그 내밀한 비의를 전혀 말하지 못한다. "우연 중의 우연"이 겹쳐 "오만 년 전"에 "합천군 초계면" 어디쯤에서 "운석"이 "땅속으로" 들어가 삭혀져 "기름진 흙"이 되었듯이, 시인도 자신의 "존재"를 우연의 산물로 간주하면서 생명의 참된 의미가 무엇인지 구경究竟

중이다. 시「순하디 순한 문장들—모시 짜기」는 생명의 원리를 사랑의 원리로 공명시켜 "어머니"의 삶—시간—세계를 한산 "모시"를 짜는 노동의 삶으로 고양시켜 그 모든 삶의 서사가 "평화의 경전"이었음을 증언하고 있다. 이를테면 정선호 시인에게 "겸손함과 희생정신"(「설날」)은 어머니에게서 비롯한 삶의 태도인데, 이는 "수천 번 반복해 엮어 완성한" 모시, 즉 인고의 시간이 만들어낸 삶의 진정한 양태이기 때문이다.

누가 가을이 이토록 붉어도 되냐 물으면

가을에도 붉은 사랑이

온 산과 들에 가득하다고 말하리라

(중략)

무릇, 무릇

그 붉은 사랑은 미황사 동백에게 전해지고

미황사 동백은 꽃무릇에게 받은 사랑에

가을밤마다 신열을 앓고 앓다가

마침내, 한겨울에 꽃을 피우는 것이리라

나는 미황사에서 흘러나오는 불경 외는 소리와

저녁마다 들리는 소의 울음소리를 빚은 절 한 채 지어

그곳에 들어가 살리라

남은 생을 꽃무릇, 꽃무릇처럼 살리라

― 「미황사, 꽃무릇」 부분

"가족의 건강과/아이들의 꿈"(「모시는 마음을 잇고―모시 삼기와 날기」)이 온 세상에 넘쳐나 상호 아름다움으로 공명하는 인류의 세계가 바로 우리 눈앞에서 펼쳐졌으면 좋겠다. 사랑의 여율 혹은 "온 산과 들"에 가득 피어난 꽃무릇이 만발한 가을 무렵, 해남의 "미황사"에 가 "붉은 사랑"의 꽃 피우리라. 「미황사, 꽃무릇」은 사랑의 전이가 일어나는 애절한 감정을 깨달음의 전언으로 승화시킨 마음이 참 따뜻한 시이다. 즉 "가을"에 피어난 "꽃무릇"의 "붉은 사랑"을 겨울의 전언으로 공명시켜 이 세상 전체가 사랑의 알파와 오메가였음을 증언하고 있다.

"기억의 힘"이 "울림"(「입자가 파동이 되는 순간」)으로 공명하여 사랑의 힘을 전이시킨다. 시집 『만날고개에서 만나요』는 사랑의 온기를 서정의 심급으로 확산시켜 이 세계 전체를 인류적 공간으로 만들어 다양한 삶의 형상들을 포월하는 존재의 집이다. 때론 시인의 "사명감"(「편지」)을 높이 드날리면서, 때론 이 세상의 힘없고 여린 타자들에게 "보시"(「성탄절」)의 마음을 펼쳐 보이면서, 정선호 시인은 사랑의 감정을 온 누리에 전이시키고 있다.

3. 공통체로서의 생태 환경

한편에선 "나비의 지휘"로 부르는 "노래의 음표"(「구월의 합창곡」)가 평화롭게 들리고, 다른 한편에선 "아이들의 웃음소리"(「꿀벌들이 돌아온다」) 그득하다. 더불어 "관심과 사랑의 힘"(「내 마음의 풍차」)이 넘쳐나는 세상을 꿈꾸며 모두가 각자 행복의 주체가 되는 상황을 상상해본다. 자연의 생태 환경이 이익 실현을 위해 파괴된다. 정선호 시인의 시집 『만날고개에서 만나요』의 3부는 자연의 상태 환경 문제에 대한 경각심을 불러일으켜 지구를 되살리는 공통체의 운동을 벌이는데, 이는 다중, 즉 우리 사회의 풀뿌리 운동과 정확하게 맞닿아 있다.

> 나는 이제 봄이 오는 게 죽도록 싫어졌어요
> 거리에는 매연이 가득했고 모래바람이 살아
> 마스크를 쓰지 않으면 살 수 없어요

그런데, 나를 그렇게 만든 건 누구죠?

- 「불에 타 죽은 기억」 부분

풍차는 자연과 시간, 사람을 잇고 있다

- 「내 마음의 풍차」 부분

4월, 숲에는 사람과 동물, 식물이

어우러져 부르는 노래가 가득해요

- 「4월, 숲길을 걷다」 부분

　고발은 강렬하고, 사회적 운동이나 실천적 투쟁은 간절하다. 생태 환경에 관한 공통체 운동은 자본과 국가 너머의 세상을 꿈꾸는 또 다른 의미의 사랑의 실천적 국면인데, 그것이 바로 정선호 시인이 시말운동 내부에 기입한 의미의 실체이다. 따라서 시인의 공통체에 대한 관심은 인류애가 실현되는 실존의 토포스이자, 모두가 반드시 실현시켜야 하는 절대 과제이다. 특히 시 「불에 타 죽은 기억」은 전 지구화된 이상 기후 현상에 주목하면서 자연이나 이 세계를 "나"로 의인화하여 가뭄이나 산불 등의 자연재해에 대한 책임 소재를 묻고 있다.

　그런데 시인은 시 「내 마음의 풍차」에서 자연 친화적인 생태 사회학적 비전을 동사 '잇다'에 응고시켜 분열이나 단절이 아니라 이 우주가 순환하는 상생의 운동임을 증언하고 있다.

삶이 지치거나 힘에 겨워 포기하고 싶을 때 "바람"의 "노래"가 들리는 그 "숲"에 가라. 시「4월, 숲길을 걷다」는 "햇빛"과 "바람"과 "나무"가 상호작용하여 전기를 만들고 생명을 만드는 대순환의 원리를 숲길을 걸으며 깨닫게 되는데, 이는 물질과 생명이 무한 순환하는 대우주의 원리이다. 입자이면서 파동인 "햇빛의 알갱이"들이 "나뭇잎"에 전해진다. 물질의 전이는 생명의 전이이고, 생명의 전이는 바로 사랑이 전이되어 아름다운 공동체를 형성하는 이 사회의 초석이다. 이를테면 따스한 4월 봄날의 숲을 거니는 산행은 "사람과 동물, 식물"이 한데 어우러지는 생명의 아름다운 축제이다. 마치 "말의 숨결"에 "감사의 인사"(「철새의 말들」)가 넘쳐나는 것처럼, 서로가 서로에게 "거름"이 되어 주고 의미가 되어 주는 상생의 리듬만이 우주를 살리는 유일한 길임을 봄 숲을 거닐면서 깨닫게 된다.

> 물은 사람들과 자연의 꿈과 미래를 위해
> 낮게, 낮게 노래를 불렀다
>
>   -「물의 노래」 부분

> 합천의 의로운 사람들과 전국의 뜻있는 사람들 뭉쳐
> 끝내, '생명의숲' 이름을 되찾고

생명의 숲에서 평화와 통일을 쉼 없이 노래하리라

　　　　　　　　　　　　–「합천에는 생명의 숲이 있다」 부분

욕망이 모인 싱크홀은 저승으로 가는 문이지요

보세요, 도로에서 저승사자들이 삽 들고 누굴 기다려요

　　　　　　　　　　　　–「씽크홀think hole」 부분

　지혜를 모아야 한다. 지구의 온난화와 이상기후에 의한 자연재해를 예방하기 위해서는 "물"의 슬기로운 지혜를 배워 자연을 본래의 모습으로 되돌려놓아야 한다. 시「물의 노래」는 "낮은 곳으로 흐르며 힘"을 축적하는 물의 본성에서 욕망을 내려놓고 겸양의 미덕을 쌓아, 안빈낙도의 삶을 사는 법을 터득하게 된다. 따라서 물의 힘은 "낮게, 낮게" 부르는 삶의 "노래", 즉 지혜의 궁극적인 힘인데, 그것이 바로 서로를 배려하며 공존할 수 있는 자족의 태도이다.

　사회의 근본적인 변화는 풀뿌리들의 꾸준한 운동으로부터 시작된다. 시「합천에는 생명의 숲이 있다」는 독재자 전두환의 상징인 "일해공원"이 "생명의 숲"으로 변경되는 과정을 소묘하면서 "평화와 통일"을 노래하고 있다. 군부독재는 사회의 근본악이다. 그런데 시인은 기득권층의 "반성과 사과"가 없는 몰염치한 행위를 사회적 "오염"으로 간주하면서, "의로운 사람"과 "뜻있는 사람"들이 힘을 한데 뭉쳐 "생명의 숲"을 되찾아 정의로운 사회 구현을 실천하고 있다. 때론 "자전거"를 "지구의 조용한 혁명가"(「자전거들은 날아다니고」)라 인식하면서, 때론 "사람의 욕심"과 "안전"(「문무대왕릉」) 사이의 거리를 측량하면서, 시인은 "부서진 터전"(「뱀이 길을 건너다」)을 재건해 "마음의 밭"(「해바라기」)에 넣고 풍요롭게 가꾸어가며 자연의 모든 것과 교감하고 있다.

그러나 그러한 풀뿌리들의 노력에도 불구하고, 점점 공통적인 것, 즉 이 세계를 굳건하게 지탱해 주었던 공통체는 점점 사유화로 무너져 내려 자본가의 수중으로 들어가 부익부 빈익빈이라는 경제적 공포를 양산하게 된다. "think hole" 혹은 sink hole. 부지불식간에 전혀 예기치 못한 곳에서 속절없이 무너져 내린다. 아마 그것은 욕망의 무너져 내림을 우회 반성하는 존재론적 서사의 전모일지도 모른다. 따라서 시「씽크홀think hole」은 고밀도로 압축 굴절된 욕망의 "대도시"를 "저승으로 가는 문"이라고 간주하면서 "건강하고 행복한 생활"이 무엇인지를 진지하게 되묻고 있다.

> 누군가 편리한 생활하며 물건을 쓸 때
> 지구 한 편의 누구와 자연은 매일,
> 매일 죽음의 위기를 맞았다
> － 「바닷물이 들어오는 교실」 부분

애초에 지구의 모든 땅은 주인이 없었다
사람들이 생겨 구획을 정하고
전쟁을 벌여 사람을 죽여서까지 차지했지만

바람만이 지구 모든 땅의 주인이며
지구의 날씨와 생명의 목숨을 지켜 왔다

―「겨울, 주말농장에서」 부분

　공통적인 것의 사유화에 의해 전 지구적 파괴가 도처에서 자행되고 있다. 시 「바닷물이 들어오는 교실」은 지구 온난화로 인해 해수면이 높아져 삶의 터전을 잃어 가는 "필리핀의 바타산섬" "주민"의 삶을 세밀하게 소묘하고 있다. 석유나 석탄의 무분별한 사용으로 인해 온난화의 주범으로 지목되는 이산화탄소의 과잉 발생은 아마존 유역의 밀림을 비롯한 밀림 숲의 무자비한 파괴와 맞물려 환경 재앙이라는 부메랑을 맞게 되었다.

　그리고 시 「겨울, 주말농장에서」는 이 세계의 주인이 바로 "바람"이라고 주장하면서, 바슐라르적 몽상을 펼쳐내고 있다. 바람, 즉 공기의 상승과 하강의 작용이 만든 다양한 움직임이 "지구의 날씨와 생명의 목숨"을 유지시켰으며, 마침내 "모든 생물과 사람을 행복하게" 만들게 된다. 마치 바람이 내어놓은 길 곳곳에 "꿈"과 "비밀"이 은밀하게 매개되어 있듯이, 시인은 바람의 "기운"을 받아 "그리움의 날개"를 활짝 펴 자연이 내놓은 바람의 길을 인간이 앞으로 살아가야만 하는 존재의 길이라 확언하고 있다.

4. 자기 검열 혹은 현실 참여

"인권"(「조선인 여공의 노래」)이 바로 선 나라를 만드는 것은 가능한가? "한과 설움"(「조선인 여공의 노래」)의 노래가 울려 퍼진다. 우리는 "평등한 사회와 통일된 나라"(「열사들과 밥을 먹다」)에 살면서 행복의 주체가 될 수 있는가?

하여 정선호 시인의 『만날고개에서 만나요』는 서정의 심급 위에 다양한 사회적 모순들을 갈파하고 있는데, "민주화운동"과 그 "희생자"의 "슬픔"(「재두루미중창단」)과 공명했으며, 마침내 "사라진 꿈과 희망"(「한산모시―백제의 꿈」)을 재건하기에 이른다. 이를테면 정선호 시인이 전개한 일련의 시말운동은 "불꽃 같은 생"을 "올곧은 정신"(「김남주 시인이여, 고정희 시인이여」)으로 살아내며, "소중한 가치"(「고구려적 여인, 박구경」), 즉 인륜적 삶의 평화와 평등을 복원하는 숭고한 존재의 행위다. 때론 "처절했던 공포의 날"(「길고 긴 하루」)을 기억하고, 때론 "학살 명령자"를 "용서"(「꼬마 상주,

조천주」)의 전언을 통해 화합을 도모하여, 시인은 현실의 근본모순을 차근차근 점검하며 더 나은 사회를 만들기 위해 노력 중이다.

> 나는 가끔 교통 신호를 지키지 않은 것과
> 아내 몰래 다른 여자를 생각한 적이 있거나
> 직장에서 영업상 거짓말한 나를 압수 수색한다
>
> (중략)
>
> 확실한 혐의가 나오면 내가 지금껏 지어 온
> 마음의 감옥에 자진 투옥되리라
>
> *– 「압수 수색하다」 부분*

"친일 반역자와 독재자의 후예" 그리고 "기회주의자" 혹은 "부패한 관리"(「홍의장군은 살아 있다」)들이 넘쳐나는 21세기 자본의 현실 속에 어떤 이념을 견지하고 살아가야 하는가? 시「압수 수색하다」는 자기합리화와 변명만을 일삼는 우리 시대의 병리학적 징후를 총체적으로 반성할 수 있는 영혼이 아름다운 시이다. 정선호 시인이 행한 자기 검열 행위는 만해 한용운과 이육사를 거쳐 윤동주에게로 귀결하는 시인의 마음과 자세인데, 이는 자기로부터의 혁명이 시작

되는 결연한 의지의 실천적 국면이다. 내가 "나를 압수 수색한다." 이 얼마나 멋진 발상인가! 이 얼마나 가혹한 시련인가! 시인은 양심이라는 "감옥"을 만드는데, 그것이 바로 우리 사회의 내면을 읽는 참된 존재의 행위이다. 윤동주가 느꼈던 부끄러움에 동참했으며, 시인은 스스로 "먼지 털듯" "탈탈 털어" "혐의 증거"를 찾고 있다.

이상기후로 무더위가 이어지던 몇 해,
거리의 배롱나무에 걸린 붉은 심장들

지구 반대편 가자지구에서는
이스라엘군의 폭격으로 팔레스타인 아이의 내장이
아프게 배롱나무에 걸렸다
얼마나 더 더워져야 총성이 멈출 것인가

(중략)

무더위 견디며 희망을 건네는 붉은 사랑은
온 세상을 가득 채우다 지고,
가득 채우다 지고

백일동안, 가을이 오기까지

－「백일홍을 읽다」부분

시「백일홍을 읽다」는「압수 수색하다」의 자기 검열의 마음을 사회적 실천으로 이행시켜 "지구와 사람들을 살려 낼 방도"를 모색하고 있다. 정선호 시인은 이해와 타협과 협치를 통하거나 아니면 온 세상을 "붉은 사랑"의 "기도"를 "가득 채"워 모두가 행복의 주체가 되기를 염원하고 있다. 따라서 "붉은 사랑"은 새로운 세계를 만드는 혁명의 결정적인 주체이자, 이 세계를 평화롭게 만드는 삶정치적 행위의 신기원이다.

그러나 안타깝게도 현재 전투기 "폭격"과 "총성"은 멈추지 않은 채 끊임없이 총격을 가하는 무차별적인 인종학살이 자행되고 있다. 도처에 주검이 널려 있다. 다시 말해 "거리의 배롱나무"엔 "팔레스타인 아이의 내장"과 "붉은 심장"이 걸려있고 또 폐허의 전쟁터엔 "붉은 울음소리", 즉 죽음을 애달파하는 통곡의 울음소리가 그치지 않고 있다.

> 미얀마에, 러시아와 아프리카의 여러 나라에게
> 다시, '모든 쇠붙이는 가라'라고 써 보낸다
> 모든 무기를 걷어 용광로에 녹여
> 국민들의 생활에 필요한 데만 쓰라고 전한다
> －「다시, 모든 쇠붙이는 가라」부분

참혹했다. 더불어 이 세계 전체가 비인간화의 극단적인 실험실이 되어가고 있다. 세계 도처에서 아직도 살인 행위, 즉 인종청소라는 명목의 "소수민족" 학살이 공공연하게 자행되고 있을 뿐만 아니라, 이를 묵인하고 방조하고 있다. 그것은 단지 문명의 이로운 도구이었던 "쇠붙이"가 "무기"로 변질되었기 때문만은 아니다. 그것은 이 세계를 사랑의 서사로 재건할 때 비로소 가능한 다중의 완결 무결한 신기원, 즉 행복의 제도화를 실현하는 도구로 작용하게 된다. 마침내 이 세계가 사랑의 특이점을 통해 혁명을 완수할 수 있는 다중들의 세계임을 확인하게 된다. 정선호 시인의 『만날고개에서 만나요』도 서정의 심급 위에 펼쳐진 사랑의 인간학을 현실 참여의 정치학으로 고양시켜 이 세계를 사람이 살만한 공간으로 만드는 데 있다. 따라서 시인의 요청은 강렬했고, 변화에의 의지는 단호했다.

5. 글을 나오며

결국 사랑의 서사만이 인류를 구원할 수 있다. 따라서 진정한 혁명의 전초기지가 바로 사랑의 알파와 오메가에서 생성되지만, 그러나 그것은 언제나 마음이 가난한 자를

통해서 이룩되는 이 세계의 근본 혁명이다. 특히 시「서천
꽃밭」은 마음이 가난한 자의 고단한 삶의 서사를 진솔하게
그려내고 있는데, 그것은 바로 시인 정선호가 낳고 자란 고
향 "서천"에 대한 그리움과 "설움"을 "어머니"의 사랑과 공
명시키며 고향 전체를 "웃음꽃밭"으로 승화시키고 있다.

서천꽃밭에서 삼신할미에게 점지 받은 나는
어머니 몸을 빌려 서천군舒川郡에서 태어났어요
중학교 졸업 후 서천군을 떠나 대처로 왔고

대체에 서천꽃밭에서 걸었던 꽃길은 없고
길은 온통 가시밭길 이었어요
때로 좋은 날에 꽃을 주고받기도 했지만

(중략)

그날은 설을 맞아 고향에 갔어요
설에 눈 내리자 모든 길에 웃음꽃밭이 펼쳐졌고
서천꽃밭에서 환생하지 않고 남아 있던 조상들이
서천군의 모든 길에 꽃을 심어 후손들을 맞았어요

나는 서천꽃밭에 돌아갈 날을 세어 보기도 했고요

아버지와 "어머니"의 품속에서 살았던 "서천꽃밭"과 같은 "꽃길"은 이 세상 어디에도 없다. 그곳은 영원한 유토피아이거나 인간이 꿈꿀 수 있는 마지막 이상향일지도 모른다. 시인은 꿈을 찾아 "대처"로 길을 나섰지만, 그곳은 무한 경쟁으로 내던져진 "가시밭길"이었다. 세월은 흘러 자연인 정선호는 시인 정선호가 되었고, "아이"들도 다 자랐지만, 고향 서천의 "부모"님은 "늙고 병들어" 인생의 무상함을 느끼게 된다. 시간의 본성은 저와 같고 삶은 늘 동일한 것의 반복, 즉 "시시포스"의 "운명"(「시인의 말」)을 벗어나지 못한다. 애석하지만 그게 삶이고, 인생의 참된 의미를 깨닫게 되는 인간학적 진실이다.

때론 "온통 가시밭길" 속에서 고통의 시간을 감내하면서, 때론 "좋은 날"을 축하하며 "꽃을 주고받기도" 하면서, 시인은 귀향하여 지친 몸과 마음을 위로받고 있다. "눈"이 내린다. 온 세상이 "웃음꽃밭"으로 변해 순백으로 물들고 있다. 평화롭고 아늑했다. 시인은 먼 후일에 언젠가 서천꽃밭으로 되돌아가 고향의 품에 안겨 영원한 안식을 찾게 될 것이다. 그게 삶이자 인생이고, 돌아가야 할 종국의 길이다.

시인의 말

다섯 번째 고개를 올랐다가 내려온다

이십오 년 동안 등짐을 메고 고개를 넘으며
매번 내려놓고 싶었지만
사랑하는 모든 것들이 들어있어 내려놓지 못했다

이번에는 조금 가벼워진 짐 지고 오르며
나라의 발전과 민족의 하나 됨,
자연을 지키고 되돌리는 방도를 떠 올렸다

연신 땀과 눈물 흘리며
시시포스처럼
오르고 내려오기를 반복했다

운명처럼

2025년 12월, 경남 창원에서

실천문학시집선 319

만날고개에서 만나요

2025년 12월 15일 1판 1쇄 박음
2025년 12월 28일 1판 1쇄 펴냄

지은이   정선호
펴낸이·편집장   윤한룡
디자인   윤려하
관리 영업   이소연
홍보   고 우

펴낸곳   (주)실천문학
등록   10−1221호.(1995.10.26)
주소   남양주시 퇴계원읍 퇴계원로 52 405호
전화   02−322−2161~3
팩스   02−322−2166
홈페이지   www.silcheon.com

ⓒ 정선호, 2025

ISBN 978−89−392−3189−4 03810

경상남도 GYEONGNAM 경남문화예술진흥원

이 책은 경상남도, 경남문화예술진흥원의 문화예술 지원을 보조받아 발간되었습니다.